OGUM
o inventor de ferramentas

LUIZ ANTONIO SIMAS
Ilustrações de Breno Loeser

Todos os direitos reservados © 2023

É proibida qualquer forma de reprodução, transmissão ou edição do conteúdo total ou parcial desta obra em sistemas impressos e/ou digitais, para uso público ou privado, por meios mecânicos, eletrônicos, fotocopiadoras, gravações de áudio e/ou vídeo ou qualquer outro tipo e mídia, com ou sem finalidade de lucro, sem a autorização expressa dos autores.

Coleção Orixás para Crianças
Direção editorial: Diego de Oxóssi
Coordenação: Kemla Baptista
Projeto gráfico: Breno Loeser

Acesse e descubra: www.orixasparacriancas.com.br

Dados Internacionais de Catalogação na Publicação (CIP) de acordo com ISBD

S588o	Simas, Luiz Antonio.
	   Ogum: o inventor de ferramentas / Luiz Antonio Simas; [ilustrações] Breno Loeser; [coordenação] Kemla Bapitsta - 1ª ed. - São Paulo: Arole Cultural, 2021. - (Orixás para crianças; 3)
	
	   ISBN 978-65-86174-14-4
	
	   1. Literatura infantil. 2. Orixás. 3. Religiões afro-brasileiras. 4. Candomblé. I. Baptista, Kemla. II. Loeser, Breno. III. Título. IV. Série

2021-2045	CDD 028.5 CDU 82-93

Elaborado por Vagner Rodolfo da Silva - CRB-8/9410

Índice para catálogo sistemático:
1. Literatura infantil 028.5
2. Literatura infantil 82-93

LUIZ ANTONIO SIMAS
DEDICO ESTE LIVRO A TODO MUNDO QUE FOI E É CRIANÇA DE TERREIRO, NA CERTEZA DE QUE A AMIZADE, O COMPANHEIRISMO E A VIDA EM COMUNIDADE CONTINUAM SENDO OS MELHORES REMÉDIOS CONTRA O DESENCANTO DO MUNDO.

BRENO LOESER
PARA DAVI, OGUM EM MINHA VIDA.

CAMINHOS DA ALEGRIA

Ogum. Quando o seu nome é mencionado, é comum fazermos sua associação a comportamentos brutos. Afinal, geralmente representado sob a figura de um guerreiro, Ogum traduz a força da luta e conquista aos seus devotos e descendentes. Mas Ogum não é só a guerra, a força e a impulsividade.

Ao mesmo tempo em que luta sem temor, Ogum também é apreciador da criatividade, da inovação, das amizades e do gosto de viver. Sendo um Orixá que mantém grande proximidade com os seres humanos, assim com seu inseparável irmão Exu, e conhecedor de muitos mistérios, Ogum sabe bem como fabricar os instrumentos indispensáveis à guerra e à paz, como traçar e executar as estratégias da conquista e da vitória, tão necessárias para vencer as batalhas da vida. Ogum verdadeiramente abre caminhos para a alegria.

E é por esse caminho que Luiz Antonio Simas, grande amigo, escritor, professor, compositor e macumbeiro brasileiro, decidiu trilhar neste reconto. O primeiro desta nova fase da Coleção Orixás para Crianças.

Como bom filho de Ogum, Simas é apaixonado pela vida, pela amizade e tem o dom da invenção. Ele nos surpreende apresentando um itan - nome dado aos mitos tradicionais dos Orixás - escrito em versos, numa direta inspiração nos textos de cordel. Uma invenção maravilhosa!

A narrativa construída por ele para Ogum, o Inventor de Ferramentas, mostra o poder da amizade. Da gratidão. Da colaboração como ferramenta de (re)construção da alegria. Das possibilidades infinitas de encontrarmos soluções para adversidades quando pensamos e agimos coletivamente. O tipo de livro, de história e de Orixá que nos inspira a constante tomada de atitudes positivas e à transformação do mundo a partir de nós mesmos.

E tudo isto é tão urgente para as crianças que vivem neste agressivo e acelerado mundo do século XXI. Um mundo que insiste em nos desencantar, como diria o próprio autor.

Mesmo quando a literatura não tem missão pedagógica, ela pode ter - e tem! - grande potência inspiradora e transformadora. Nesse sentido, eu desejo que Ogum, o Orixá que abre os caminhos da nova fase da Coleção Orixás para Crianças, lhe inspire a seguir valente, a seguir em frente, a buscar a reconexão com a felicidade, a amizade, a capacidade criadora e realizadora das coisas.

Patakori Ogum!

KEMLA BAPTISTA

Coordenadora da Coleção Orixás para Crianças, autora de "A Festa da Cabeça", educadora e contadora de histórias, criadora do Caçando Estórias e da Casa do Ofá. Acesse as redes sociais @cacandoestorias e descubra mais sobre Kemla e suas obras!

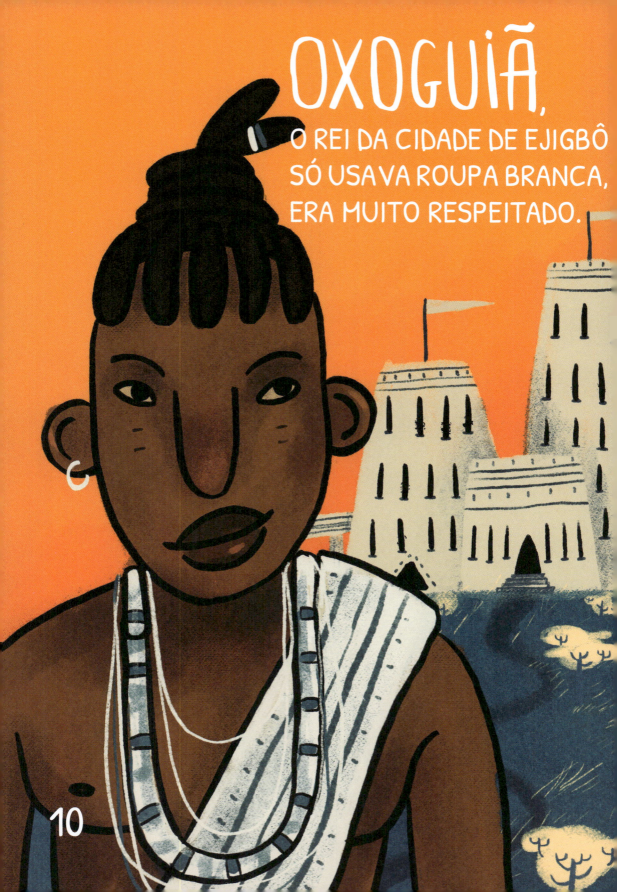

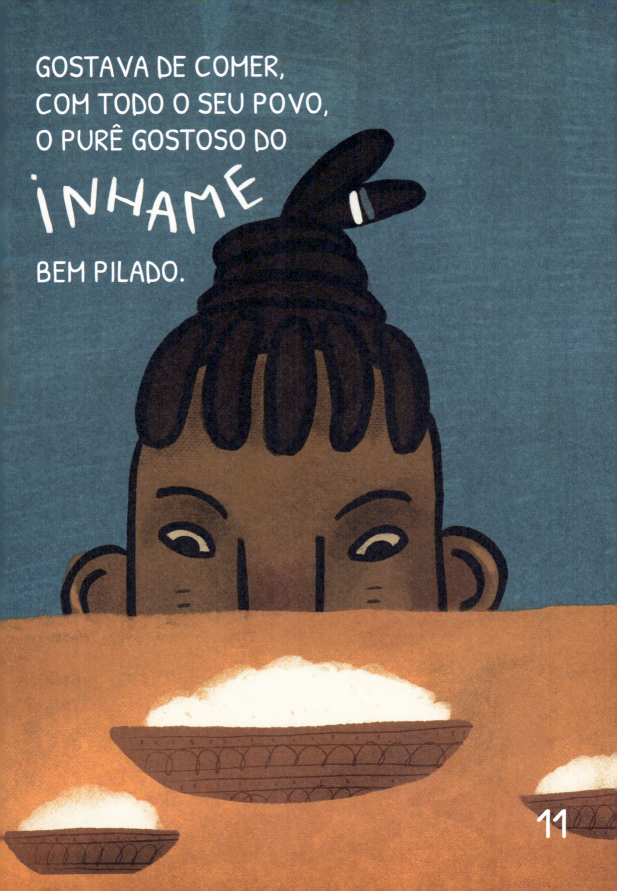

MAS ERA TANTO INHAME QUE O ORIXÁ COMIA AO LADO DAS PESSOAS DO **REINO DE EJIGBÔ**

12

OXOGUIÃ, ENTÃO, CONSULTOU ORUNMILÁ PARA RESOLVER AQUELA SITUAÇÃO.

O SÁBIO DISSE A ELE PRA SAIR E PROCURAR OGUM, O ORIXÁ QUE TERIA A SOLUÇÃO

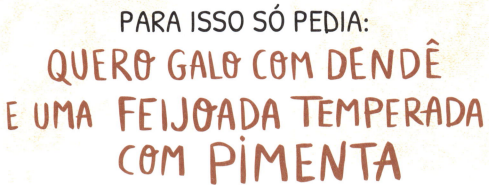

JÁ BEM ALIMENTADO, OGUM FOI TRABALHAR PARA INVENTAR

DIVERSOS INSTRUMENTOS

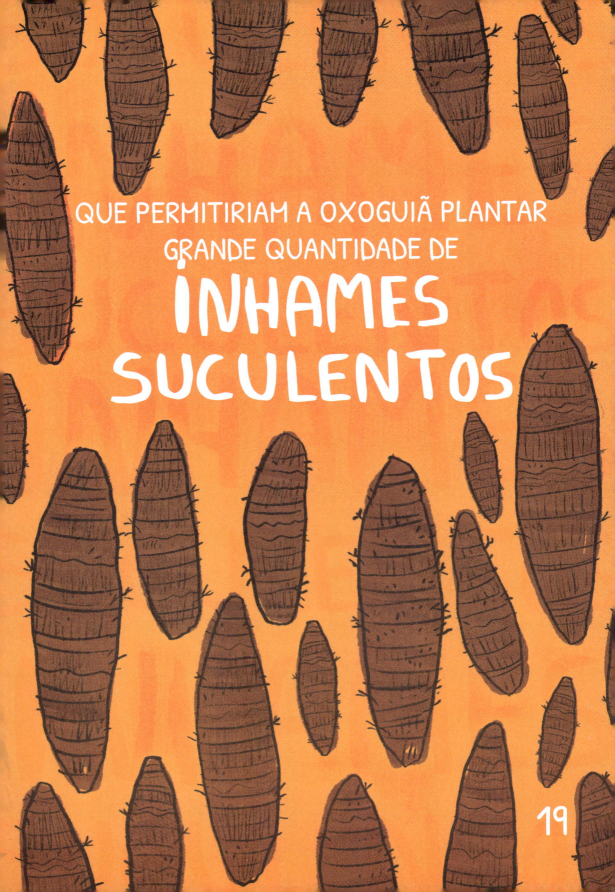

QUE PERMITIRIAM A OXOGUIÃ PLANTAR GRANDE QUANTIDADE DE
INHAMES SUCULENTOS

E PRESENTEOU OXOGUIÃ QUE, ADMIRADO, EXCLAMOU:

OGUM, ESTÁ SALVA A PLANTAÇÃO!

OXOGUIÃ ENTÃO, BASTANTE COMOVIDO, PASSOU A UTILIZAR EM SEU AXÓ
FUNFUN

24

UMA FAIXA AZUL, DO MAIS BELO TECIDO, FEITA COM UM PEDAÇO DA ROUPA DE

OGUM

VAMOS CONTINUAR ESSA HISTÓRIA?

ACESSE O SITE AROLECULTURAL.COM.BR/OGUM OU USE O LEITOR DE QR CODE DO SEU CELULAR E ACOMPANHE AS ANDANÇAS DE OGUM NA COLEÇÃO ORIXÁS PARA CRIANÇAS!

LUIZ ANTONIO SIMAS

é escritor, professor e compositor popular, com diversos livros publicados e canções gravadas. É filho de Ogum, casado com a Candida, filha de Oxaguian, e pai do menino Benjamin Exufemy.

BRENO LOESER

é ilustrador, artista, designer e mestrando em Ciências da Religião na UFS. Atua em uma fintech, além de freelancer na área de branding, editorial e arte. Também coordena sua loja virtual, a brenoloeser.com, com peças assinadas e reproduções em fine art. É filho de Logunedé e amante das coisas boas da vida.

direção editorial
DIEGO DE OXÓSSI

coordenação
KEMLA BAPTISTA
DIEGO DE OXÓSSI

texto
LUIZ ANTONIO SIMAS

capa, projeto gráfico e diagramação
BRENO LOESER

ESTE LIVRO FOI PUBLICADO EM SUA PRIMEIRA EDIÇÃO EM JUNHO DE 2021,
COMEMORANDO O DIA INTERNACIONAL DA CRIANÇA AFRICANA